KB196453

레트로Retro 미각味覺

김명숙 시집

레트로Retro 미각味覺

달아실기획시집
38

보조 용언과 합성 명사의 띄어쓰기 등 본문의 맞춤법은 시인의 의도에 따른 것임.

맛으로 기억되는 날들이 많다
맛있는 음식에는 맛있는 마음이 담겨 있다.

고단한 삶에 스며드는 맛
강원도 산하山河, 골골마다
레트로Retro 미각이 담겨 있는
세계로 되돌아가고 싶었다.

언어의 맛과, 음식의 맛이
이미지로 겹쳐져 기억된다.
맛은 세월을 기억한다.

내 나이 희수喜壽에 이르러
맛의 풍습을 따라 거슬러 올라가 본다.

2024년 12월
김명숙

차례

레트로 Retro 미각 味覺

2부

4부

5부

1부

기억에 저장된 맛의 감각

정선 곤드레나물밥

저만치 간 세월 밟고
하늘 기운
뒤엉킨 나무 사이로
땅속 깊이 스며들어
반지르르한 가마솥에
노르스름한 누룽지
산나물 씹으며
조용히 살던 그곳

고려말 충신 칠현
세상 등지고
골 깊은 정선
거칠현* 산속에서
산새 울음소리 벗 삼아
은둔생활 할 때
아라리 부르며 끼니 되었던
곤드레나물밥

* 정선군 남면 낙동리 정선아리랑의 발상지.

메밀국죽

육백 마지기 산 너머
평창에서 정선으로 넘어가는
청옥산 자락 작고 조용한 마을 미탄면
3대를 이어온 메밀국죽집

쌀과 보리조차 귀했던 산골
된장 멸치로 맛 낸 국물에 메밀쌀과 국수
집에 있는 온갖 푸성귀 함께 넣어 푹 끓여
메밀국죽을 만들어 먹는다

온 식구가 나눠 먹기 위해 양을 늘려 먹던
국 같기도 하고 죽 같기도 한 한 끼 식사
그 속에 모두 풀어져 걸릴 것도 없으니
입안에 머물 사이 없이 술술 잘 넘어간다

도토리밥

통 도토리 갈아
일주일 물에 우려서
타갠 찰옥수수 앙금과
쌀 위에 놓아 타지 않게
약한 불에 밥을 한다

쪼그리고 앉아
아궁이 불 지피면
마른 나뭇가지
타닥타닥 타는 소리

뒤뜰 굴뚝에
회색 연기 피어오르고
부뚜막 검정 무쇠솥
첫사랑 심장처럼
뜨겁게 달아오른다

감자는 밥 위에 앉아
떫은맛 잡고

아궁이로 내미는
붉은 불의 혓바닥
부지깽이가 다스린다

봄이 오는 겨울 산골
손님 온 날인가 보다

올챙이국수*

척박한 산비탈 불태워 움켜잡고
돌멩이 숯덩이 가려내어 일군 밭
몇 알 심어 거둔 알곡
말린 옥수수 한 바가지

맷돌에 갈아 앙금으로 끓인 죽
바가지 구멍 뚫어
차가운 물에 떨어뜨리면
올챙이가 살아 꿈틀댄다

노란 올챙이 모양 국수 건져
넉넉하면 양념간장에 비벼 먹고
모자라면 열무김치 국물에 후루룩

매끄러운 감촉 입안에 돌고
구수한 맛 목구멍이 잡아당긴다

한 그릇 뚝딱 먹고 나니
바람에 그을린 얼굴 매끈하다

* 옥수숫가루로 만든 여름철 별미 강원도 향토 음식.

느릅지기국수

드문드문 계곡에
자리 잡은 느릅나무
잎은 더디고
꽃이 성급하여 먼저 핀다

껍질 벗겨 가루 내어 먹으면
개구쟁이 발목에 종기가 가라앉고
줄기는 단단하고 썩지 않아
배가 되어 강 떠다닌다

속껍질 질겨 밧줄이 되고
잎은 콩가루 밀가루 버무려
떡이 된다

열매는 된장 담고
뿌리껍질 유근피
가루 내 메밀 섞어
매운 연기에 눈시울 붉히며
길게 국수 가락 삶으면

황토 구들 마을에
찰진 웃음소리
십 리 밖으로 굴러간다

곰치국

아침 바다가 잠잠하다
소금기 머금은 바람이
부두에 걸터앉고
고기잡이배 하나둘 돌아온다

물옷 벗는 어부
해 뜨는 그의 등 뒤로
뿌연 안개가 스멀거리고
까만 얼굴의 여자가 달려들어
양푼에 고기를 담는다

어부는 이내 깊은 잠 빠져들고
졸인 마음 씻어낸 겉옷
빨랫줄에 널더니
재빠르게 수탉 볏 같은
내장을 꺼낸다

매콤한 배추김치
끓고 있는 냄비 안에

물 곰이 익어가는
바다마을 해장국집
곰치국 끓는 냄새 알싸하게 퍼진다

우럭미역국

푸른 바다 끌고 온 어부
그물 안 꿈틀거리는 우럭
먼바다 가르고 있다

친정집 몸 풀러 온 딸
쇠고기 대신 우럭 넣어 끓인
뽀얀 국물 미역국 먹는다

뼈 억세고
기름기 많은 강릉 앞바다 우럭
오래 끓여도 살이 잘 부서지지 않는다

칼슘과 무기질 성분 많아
약해진 골격과 치아 건강에 좋은
오돌오돌한 우럭 살처럼

가녀린 딸의 몸 단단해지고
새빨간 입 오물거리는 아가에게
진한 젖 먹이라고

아버지는 오늘도 배 띄우고 나간다

바다가 딸의 뼛속으로 스며들고 있다

양양 뚜거리탕

내 이름 가지가지
강릉 '꾹저구'*
양양 '뚜거리'
고성 '뚝저구'
삼척 '뿌구리' '꾸부리'

비린내 나지 않아 담백한 맛
생선 살 거르지 않고
통째로 끓이면 시원한 맛

뜨물 붓고 한소끔 불 밀어 넣어
뜨데기 넣고 갈아서 끓이면
구수하고 걸쭉한 맛

양양 남대천
뚜거리탕 먹고 싶은 날
마음 먼저 문을 연다

* 송강 정철이 강원도 관찰사 시절 강릉 연곡에서 어탕을 대접받을 때 '저 구새가 꾹 집어먹은 물고기'라서 꾹저구라 부르게 된 강바닥에 서식하는 소형 어종.

섭국

손바닥만큼 크고 쫄깃한
동해안 토종 조개

지저분한 표면
박박 문지르고 물에 헹궈
소금 뿌려 홍합끼리 비벼 씻는다

끓이기만 해도
시원하고 쫄깃한 섭국

바닷가에 널브러져 있어
주름 깊은 세월 어루만지며
많이 잡아먹었던 섭국

커다란 솥에 끓여
여름 복날 더위 이기려
동네 사람 함께 나눠 먹는다

주문진 도루묵찌개

겨울철 제맛
12월 산란기
알 꽉 찬 도루묵

얼리지 않은 생고기
비리지 않아
무 썰어 넣고
국물 부어 함께 끓이면
담백하고 구수한 맛

파도 높아 고깃배 나가지 못하면
며칠간 먹을 수 없다

대구머리찜

강릉시 성산면
대구머리찜 골목

주문진 항구에
고기잡이배 들어오면
두부, 감자 넣고 매콤한
대구머리찜 냄새
성산마을에 스며든다

지방이 적어 맛이 담백하고
비타민 A, D가 풍부하다며
몇 해 전부터 다리 아픈 이모님
술 좋아하는 이모부
대구머릿집 단골이다

타우린 풍부하여
간 기능 좋아지고
침침하던 눈도 밝아진다는
이모님은 대구머리찜

홍보 담당인가보다

추어탕의 추억

논두렁에 흰 눈발 휘날리는 초겨울
동네 젊은이들
삽질로 뜬 진흙 속에
겨울잠 자려 하던 미꾸라지 꿈틀대고
움켜쥔 손 재빠르게 소쿠리에 담는다

해 질 무렵 아궁이 불 사그라져
가마솥에 뜸들 때쯤이면
동네 사람들 둘러앉아
추어탕 잔치 열리니
뚝배기마다 인정이 흘러넘친다

고려 말 송나라 사신
서긍의 고려도경에
처음 나온 추어탕
조선 순조 때의 실학자
이규경의 우주연문장전산고에
두부 추어탕이 등장한다

보양식으로 먹었던
역사 깊은 영양식
통째로 끓이면 시원하고
갈아서 끓이면 구수하다

팥시루떡

가마솥 물 끓어 김 모락모락
시루에 쌀가루 한 켜 삶은 팥 한 켜
아궁이 마른나무 타는 소리에
겨울 별미 팥시루떡 익는다

안악 3호분* 고구려 벽화에
여인의 오른손에 주걱 왼손에 젓가락
삼국시대부터 있었던 부뚜막에 놓인 시루
아주 오래전 익혀 먹어왔던 시루떡

붉은색 액을 쫓고 복을 불러오라고
팥과 쌀가루로 찐 팥시루떡
고사와 잔칫상에 올리고
매년 애동지**에 팥죽 대신 먹는 떡

* 안악 3호분: 북한의 국보급 문화유물 제67호. 황해남도 안악군 오군
  리에 있는 삼국시대 고구려 고국원왕의 고분으로 357년에 축조되었고
  2004년 유네스코 세계유산으로 등재됨.
** 애동지: 연중 밤이 가장 길고 낮이 가장 짧은 동지가 음력 11월 초
  순에 들어가면 이를 '애동지'라고 부른다. 1일~10일은 애동지, 11일
  ~20일은 중동지, 21일~30일을 노동지로 구분한다.

수수부꾸미

수수 대궁 빨간색 호랑이 피
해와 달 남매 전설 품은 밭

돌짝밭 거친 땅에
잘도 자라주었네

쌀 한 톨 귀한 시절
잘 익은 수수쌀
맷돌 갈고 절구 찧어
가루 내어 만든 땟거리

부풀어 오른 모습이
물고기 닮은 수수부꾸미

고추장떡

고춧가루 메줏가루 찹쌀밥
굵은소금으로 간 맞추어
삼월 삼짇날 택일하여 항아리에 담으면

햇볕 바람 오가며 고추장 깊은 맛 들어갈 때쯤
숟갈 들고 뒤뜰에 나가 항아리 뚜껑 여니
매콤하고 알싸한 냄새가 코끝을 두드린다

멍석 위에 둘러앉아 한 숟갈 듬뿍 떠
가루와 물에 섞어 휘저어 풀면
잘게 썬 푸성귀 붉은색 옷 입는다

한여름 무더위에 입맛조차 잃었는데
눈으로 들어온 붉은색이 침샘을 건드린다

가마솥 뚜껑 화로 위에 뒤집어놓고
손바닥으로 두어 번 휘저으며
이쯤이면 되었다는 엄마 손은 온도감지기

땀 흘려서 지친 몸 나들이 간 입맛
매콤한 고추장떡이 서둘러 되찾아 온다

오미자 막걸리

맑고 선명한 주홍색 알갱이
홍시나 앵두같이 잘 익어
살짝 눌러도 터져버릴 듯
탱탱하며 말랑말랑한 열매

하늘 내린 인제
5대 명품 중 하나인 오미자

시고
쓰고
달고
맵고
짠맛

청정 DMZ에서
잘 키운 오미자

생오미자 영하 8도 이하 냉동하여
백설탕을 만나 6개월 이상

발효와 저온 숙성 거치면
오미자청 맛과 향 약리 성분 좋아
무더운 여름 이기는 보약이다

다섯 가지 맛 담은
분홍 고운 막걸리
맛도 달달하면서 깔끔해
보쌈 고기 한 점에 김치 안주로
기름기 잡아주었던
인제 오미자 막걸리
단맛에 홀려 자꾸만 마신 얼굴
분홍 꽃밭 되었다

메밀총떡

모양새가 마치
총대 같아 총떡

메밀가루로
반죽한 부침에
고기가 들어가지 않은
무와 배추 양념하여
김치맛 비슷한 속 넣어
둘둘 말아 부쳐내면
당면 속이 들어가
씹는 맛과
매콤한 맛 어우러진다

홍천에서 유명한 총떡
홍총떡이 되었다

2부

맛의 경험은 세대를 잇는 통로이다.

송화다식

세상이 온통 파릇파릇하더니
나무 새싹 온갖 꽃들
흐드러지게 피는 윤사월

꾀꼬리 울음소리 듣고
소나무가 피운 꽃
송화 따서
사나흘 햇볕에 말린다

노란색 고운 가루
솔솔 털어 모았는데
한나절 수고가 겨우 한 종지

조청으로 반죽할까
꿀 넣어 버무릴까
아끼던 꿀단지 뚜껑 열리고
노란 가루 만나 한 몸 되었네

박달나무 다식틀에

정성 들여 꼭꼭 누르면

복 받아라 복 福

장수해라 목숨 壽

간절한 마음이 글자 되어 새겨진다

강릉 초당두부

허균과 허난설헌의 부친
조선 전기 삼척 부사 허엽 선생

집 앞의 약수로 콩을 불리고
깨끗한 바닷물로 두부 만들었다

'간 맛'이 더해져 고소하고 담백한
허엽의 호를 붙여 초당두부

초당두부 역사에 서려 있는
민족의 아픔 일제강점기 6·25
남자 없던 초당마을 아낙에게
두부는 그저 단순한 음식이 아닌
가족을 부양할 고마운 '생계 수단'이었다

한 맺힌 역사 속에서
초당두부의 맛과 전통은 단단해지고
긴 세월 민초들의 삶을 지탱해온 초당두부

소박하고 따듯한 맛
끓인 콩물 거르면 콩비지
걸어낸 비지는
또 다른 만남으로 이어지고

청정해수 콩물 부드럽게 엉겨
몽글몽글한 순두부 꽃이 핀다
틀에 붓고 누르면
두부 안의 오밀조밀한
숨구멍이 살아 있는 강릉 초당두부

양구 펀치볼

안개가 구름처럼 내려앉는 곳
화채 그릇 모양 해안면 사람들
무청 시래기 거두기 위해
땅을 향해 허리를 굽힌다

찬 서리 두 번 견디면
맛있는 시래기 되고
제초제 없이 땅심만 믿고
자연이 빚어낸 무청 잎

무청 잎 다 거두고 뿌리만 남은 채
민낯 드러낸 들판
차곡차곡 줄에 거꾸로 선 무청 잎
바람과 해에 바싹 말라간다

밀고 밀리던 전투 6개월
이만여 젊은이 목숨 바쳐 지킨 곳
6·25 전쟁 격전지 가칠봉
삶의 터전 되었다

다슬기 해장국집

야트막한 간판 아래
줄지어 있는
다슬기 해장국집

다녀간 사람들의 흔적
사방 벽에 가득해
보는 눈 바쁘다

맑은 물 동강 닮아
담백하고 깔끔한 맛
입맛 다시며
눈이 먼저 먹고
혀가 마중 나간다

다진 고추 양념 넣으면
칼칼한 맛 더하여
얼얼해진 혓바닥
도리질한다

영월역

바람 따라 나선 발길 무궁화호 기차 타고
동강 래프팅하러 가는 젊은이들
소란스레 지나가는 영월역에 내리니

태백, 동해, 정선 방면 1번 플랫폼
제천, 원주, 청량리 방면 2번 플랫폼
서성이는 사람들 보인다

타임머신 타고 조선시대로 돌아간 듯
울긋불긋 단청 고운 한옥
첫눈에 들어온 한자로 새겨진 寧越驛

광장에 서 있는 김삿갓 동상
어서 오라 반기며
김삿갓 문학관 가자고 손짓한다

타고 온 기차는 떠나가고
빈속으로 떠나 허기진 배 채우러
역 건너편 줄지어 있는

다슬기 해장국집으로 향한다

고구마 축제

한 뼘 줄기 몇 잎 심어 뻗어나간 줄기 아래
넉 달 동안 캄캄한 땅속에서 자라난
길쭉한 몸 동그란 몸 크고 작은 뿌리들이
줄줄이 매달려 세상 밖으로 나온다

뱃멀미하며 간 대마도 척박한 땅
조선 통신사 조엄 눈에 들어온
풀뿌리 고구마
보릿고개 굶주리던
백성 얼굴 떠오른다

주린 배 채워주려 들여온 구황식물
생 줄기 껍질 벗겨 고춧가루 김치 담고
삶은 줄기 볶아 나물 반찬 되었네

긴 겨울밤 껍질 벗겨 오독오독 씹으면
밤인지 고구마인지 모르는 막내
생밤 더 달라고 조른다

군불 땐 아궁이 한쪽 불씨 덮어두었다가
고구마 옆구리를 젓가락으로 찔러보고
잘 익은 군고구마 손에 쥐여주면

앞니 빠진 아이에게 꿀맛 식량
잇몸뿐인 할머니의 영양 간식
먹을거리 흔하여 배부른
현대인에게 다이어트 식품

원주시 지정면 간현리
해마다 10월 그를 기리는
고구마 축제 열리면
눈과 입은 즐겁고
고구마 상자 들고 가는 손 무겁다

홍고추

햇살 온몸으로 받아들여
선홍 빛깔 물들이던 끄트머리 여름
붉은 몸매 자랑 한창인데

남쪽에서 몰려온 쓰나미
열정 넘치던 햇살의 은빛 가락
폭풍 못 이겨 사라지고
비바람 춤추자며 손 내민다

춤바람나 집 나간 사내처럼
바람에 이끌려 흔들다
땅에 떨어진 홍고추
진흙탕에 젖은 풋고추

가지를 붙잡고
버텨온 시간 무색하게
식탁에 오르지 못했다

도토리

사냥하고 열매 따 먹던
선사시대 최초의 음식 재료
말려서 가루 내어 먹던 도토리

싹터서 열매 맺기까지
10년 세월 걸려 달린 열매
다람쥐 나무 위에서 부지런히
수백 개 도토리 퍼뜨린다

벼농사 풍년이면 도토리 흉년들고
벼농사 흉년이면 도토리 많이 열려
굶지 않게 먹거리 하늘이 주었는데

사람들 다 주워가 겨울 양식 모자라
멧돼지 먹이 찾아 민가로 내려온다

애호박

봉산천 둔치 봉평교 새벽시장
꼬부랑 할머니가
어린아이 주먹만 한
애호박 몇 알 앞에 놓고
쪼그리고 앉아 있다

어두컴컴한 새벽
하루만 지나면 커져서
값을 더 받을 수 있을 텐데
호박꽃 꼭지 달린 채
할머니 손에 들려졌다

며느리 잠든 사이 챙겨놓은
애호박 세 개 이천 원
몽땅 떨어 오천 원
오늘 돈이 필요한 할머니
얼른 팔고 병원 가야 한다

황태

바닷물 온도 점점 높아져서
고향 버리고 친구 따라
북쪽으로 자꾸만 올라가다가
그물망에 걸려들어 잡힌 몸 되었네

탱탱하던 속살 바람이 가져가고
뱃속에 품었던 내장
새끼 낳으려던 알배기
소중한 것 다 버린 채 덕장에 매달린다

동해 푸른 숨결 추억 말리며
겨울 향기 품어 단단해지는 몸
눈바람 휘몰아치는 미시령 언덕에
고드름 친구 되어 노란 살 익어간다

쑥

겨우내 언 땅 아래 숨죽이고 있다가
햇살 반기며 봄마중 나왔더니

논두렁 둔덕에 먼저 나온 꽃다지
부지런한 냉이가 어서 오라 손짓한다

단옷날 뜯은 쑥은 약쑥
뜸에 사용하는 참쑥
온갖 병에 효험 있어
상비약 되었다

어린 쑥은 쑥개떡
쌀가루와 만나면 쑥버무리
찹쌀가루 만나 쑥경단

지혈, 해열, 진통 거담,
몸을 따듯하게 하여
여인들에게 꼭 필요한 민간 약재

단군신화 곰 쑥 먹고 사람 되어
환웅의 부인 되어 단군왕검 낳았으니
쑥물에 뒷물하면 낭군님 좋아하네

항아리

양지쪽 장독대에 간장 항아리
그 옆에 나란히 된장 항아리
동그랗고 아담한 고추장 항아리

땅속에 자리 잡은 김장 항아리
부뚜막 구석 소금 항아리
아랫목 한쪽 이불 덮은 술 항아리
엄마가 감춰놓은 꿀단지 항아리

우물가 항아리 물이 한가득
추녀 아래 항아리 빗물이 가득

숨바꼭질하다 건드려 깨진 항아리
그 속에 숨겨놓은 비밀 샐까봐
철사로 묶어놓은 금간 항아리

비움으로 가득 채우고
가을하늘 품으며
놓인 자리 지키는 빈 항아리

3부

극복과 굴복은 맛에도 있다.

국수 먹고 죽은 날

비가 와서
분주하던 새들 둥지로 돌아가고
창밖이 컴컴해지더니
내 몸에 찬 기운이 다붓하게 스며든다

대낮 이불 속 전기요 조절기 한껏 높여
뜨끈해진 바닥에 등 대고 누워 눈 감아도
뜻대로 되지 않는 세상일이 빙글빙글 돈다
왼쪽 오른쪽 모로 누워 뒤척여봐도 풀릴 기색이 없다

고양이 자세로 엎드려 길게 몸 깨우며 일어나
멸치와 다시마 냄비에 담아 불을 댕긴다
찬장 구석에서 가느다란 마른국수 한 줌 찾아내어
팔팔 끓는 물에 집어넣었다

뚜껑 들썩일 때 찬물 두 번 끼얹어 가라앉히고
박박 씻으며 근심도 씻어버렸다
매끈하고 탱탱해진 국수 가락
신김치 송송 썰어 김 가루와 같이 얹고

참기름 한 방울 넣어 훌훌 마시니
훈훈한 기운이 온몸으로 퍼진다

수명 길게 살라고 생일날에
부부 인연 오래 가라고 잔칫날에 먹는
가느다란 국수 한 사발에 의지하여
이불 속으로 들어가 죽은 듯 깊은 잠에 빠져
전화벨 소리가 여러 차례 울려도 눈뜨지 못했다

인절미와 털신

돌부리에 걸려 아픈 발
보듬어줄 따뜻한 털신 어디 있나

책가방 메고 나서면
툇마루에 나란히 놓여 있는
연탄불에 데워놓은 따뜻한 털신

할머니의 사랑 신고 학교에 갔다

집으로 돌아오면
꿀 종지와 함께 내 앞에 놓인
인절미 한 그릇

할머니의 찰진 사랑 먹고 자랐다

인생길 가다 넘어져 온몸 아픈 날
눈감고 누워도 잠은 멀고
꿀 찍어 먹여주던 할머니가 보인다

콧등치기 국수

희미한 호롱불 아래
올망졸망 아이들
엄마 올 때 기다려

메밀가루 반죽하는 엄마 손
홍두깨 분주하게 밀어
손가락만큼 굵직한 국수 가락 썰었다

뭉툭한 면발 모자라
시래기 넣어 삶은 여물 같은 칼국수

콧물 훌쩍이며 후루룩 빨아들이면
여린 콧등 후려치니 국물 콧물 뒤범벅

부른 배 안고 잠들어 꿈나라 하늘 날다가
갯벌에 주저앉은 듯 질척한 엉덩이

키 뒤집어쓰고 동네 한 바퀴 돌아야 할
아침이 두려운 아이

대진항 어부

겨울이 바람에 묻어날 때면
한밤중 배에 오른다

엎어지면 코 닿을 것 같은
쵀북단 능선
짙푸른 바다로 나간다

얼굴 스치는 바닷바람
회초리처럼 따가워도
자식 못 가르치는 게 더 아픈 엄마

등록금 고지서가 기다리니
겨울 두 달 도루묵잡이
해 뜨기 전 끝내려 쉴 틈 없고
그물 안에 도루묵 놓칠까봐 마음 바쁘다

만선 배 위에서 알 도루묵
석쇠에 구워 고픈 배 채우면
굽은 허리 곧게 펴지고

어느새 꽁꽁 언 손 녹는다

감자붕생이

하지 되어 낮 길어지면
머리에 수건 쓰고
감자밭에 호미질 바쁘다

별 닮은 하얀 꽃송이 바람에 흔들릴 때마다
땅속에서 동그랗게 여물어간 햇감자
데굴데굴 땅 밖으로 나온다

맏물 캐낸 한 소쿠리
입맛 없다는 시어머니 먼저 드리려고
며느리는 가마솥에 감자 넣어 찐다

솥뚜껑 사이로 묻어 나오는
감자 익는 냄새 구수하다

밑에 찐 감자 부드럽고
강낭콩 설탕에 버무려
부드럽게 쪄진 감자 위에
갈아 올린 감자 쫀득하다

달콤한 감자범벅으로 입맛 찾은 시어머니
며느리의 정성 스며들어
주름진 얼굴 감자꽃 닮은 웃음 피어난다

원주 황골엿

치악산 자락 아랫마을 황골
100년 넘게 이어오는
전통 엿을 만드는 심 씨네 황골엿

증조할아버지부터 4대째
전통적인 방법으로 만드는
엿과 조청

강원도 옥수수에 쌀싸래기 미강
보리 싹 틔워 말린 엿기름
24시간 꼬박 불의 온도 조절하며
뜬눈으로 저어 정성으로 만든 엿

불이 세면 단내나고 약하면 더디니
눈을 떼지 못하고
계속 지켜봐야 하는 손을 타는 엿

고추장 담을 때 넣어 반지르르한 조청
약재에 섞어 동그랗게 뭉친 환약

정성과 끈기로 졸여 만들어
시부모님 잘 모시겠다는
마음이 담긴 이바지* 엿

시험을 앞두고 간절한 염원 깃든
합격을 기원하는 땅콩엿

산다는 것은
달콤하면서 끈적한
엿 같은 정 때문이 아닌가 싶다

* 결혼 전후에 신부 쪽에서 신랑 쪽으로 정성 들여 만들어 보내는 음식.

손

김치맛은 칼칼해야 한다며
맨손으로 고춧가루 버무려
얼얼하던 손

외동딸을 외눈에 눈동자라며
치마저고리 손수 만들던 손

혼수옷 바느질로
생계를 이어가던 외할머니 손

음식솜씨 뛰어나
동네잔치 불려 다니던 손
그 솜씨 하늘에 별 되어 만날 수 없다

맛보던 혀끝 무뎌지고
기억의 조각들 흩어지고
발걸음 느려지고
손끝마저 더뎌지고
자손들 지켜보던 눈길 흐려지고

그 손 나에게 주고 가라 했는데
손맛 솜씨 다 가져가고
받은 사랑만 내 안에 가득 쌓여
넓이와 길이와 높이와 깊이를 깨달아
주어야 할 내리사랑 더듬고 있는 나의 손

무청 시래깃국

무청 시래깃국 맛있던 날 있었다
세상 모서리 부딪혀 마음 헛헛한 날
걸쭉한 들깻가루와 어우러져
다친 가슴 감싸주던 따끈한 들깨 시래깃국

바싹 마른 무청 잎은 한 때 땅 위에서
내리쬐는 햇살 즐기며 스치는 바람과 노래하며
여름 내내 어두운 땅 속 뿌리 키우며 청춘 보냈다

무 키운 이파리 한 줌 한 줌 엮어 매달아
영하의 바람에 빳빳하게 되어 널려 있던
추녀 아래 쉼터

싱싱했던 잎 자랑하던 무밭에서
매끈한 무 뿌리가 자라기를 꿈꾸었던 추억 말리며
무청 시래기는 늘 푸르지 않았다

화풀이 해장국

가루눈이 밤새 쏟아져
날이 밝아도 그칠 기미가 없다
어느 집 창문 너머 낯익은 냄새가 달려들어
비자발적인 기억 불러온다

술꾼의 아내로 살던 시절
낙원으로 가는가 나락으로 가는가
먹어도 배부르지 않던 그때
호박죽을 쓴맛으로 삼키며 달다고 최면 걸었다

방파제에 기대앉아 몸 뒤틀어
돌 마사지로 아픈 등 달래며
땟거리를 찾으러 물때 맞춰 바다로 간 늙은 해녀
저녁 밥상에는 끓는 물에 삶아 초고추장에 무친 꼬시래기

인간 고해苦海 너른 세상으로 뛰어든 나의 아침 밥상은
진부령 눈바람에 말라비틀어진 황태해장국
술 마신 남편의 속풀이 해장국이
아내에게 화풀이 해장국 되었다

겨울밤 동치미 한 사발

문틈으로 들어온 찬바람
한 꺼풀 겨울옷 준비 없이
차가운 달빛 아래
밤을 견디며 서 있을 나무

그리움이 시작되는 그곳에서
사랑이 시작되었다

밤새도록 덜컹거리는
창문 사이로 새어든 겨울바람
내 가슴 잿빛으로 물들인
시린 바람

운명 바꾸어놓을 것 같은
불길한 예감과 씨름해야 했다

하얀 눈송이로 날리는
근심의 조각들 주워 모아
두 손으로 움켜쥐며

사라져가는 감각의 빨개진 손가락

그보다 더 차갑게 굳어져가는
심장은 불규칙하게 뛰고
목젖 타고 올라오는 뜨거운 눈물
얼어붙은 심장 녹인다

땅속에 묻은 항아리 속 동치미 국물 한 사발 들이켠다

4부

시詩의 맛에 위로받는 날

詩集의 독백

식탁 위에 던져놓고
김치찌개 뚝배기 올려놓거나
먹다 남은 국그릇 덮고 있을 줄
꿈에도 생각지 못했어요

한 그루 나무로 들판에 서 있을 때
연인들 자주 찾아와 내 몸에 기대어
얼굴 비비며 사랑에 빠질 때
그런대로 좋았어요

종이로 다시 태어나
한 권의 詩集 되기 위해

장대비 회초리 견디며
늦여름 휘몰아친 태풍과
눈 무게 버텨낸 한겨울 밤
무척 길었어요

행복했던 시간 조각들

소망 보따리 묶은 詩集 되어
외로움 달래주었으니
나쁘지만 않았다고 생각해요

식탁 위 나 보거든 부디
한 편의 시 잠시라도
마음에 품어 기억해준다면
쓸쓸한 밤 견딜 수 있어요

무리실 겨울

한 주머니에 두 손 넣고
눈길 걷는다

발은 시려도
잡은 손 따뜻하다

눈 내리는 겨울밤
꼭 잡은 손 놓기 싫어

눈 쌓인 무리실* 배밭 길
자꾸만 걷는다

* 원주시 무실동 옛 지명.

가을에게

배추의 여름 힘들었나보다
겉으론 멀쩡한데
한 꺼풀씩 벗겨보니
벌레 먹고 녹아 있네

골병든 배츳속은
보이기라도 하지만
상처받은 내 마음
어떻게 해야 하나

가을아 부탁해 너 떠날 때
이 마음 함께 가져가다오

겸손의 계절

하늘 높은 줄 모르고
아침 이슬방울 머금은 채
까칠하게 고개 쳐들던 벼 이삭
고개 숙이며 겸손 배워간다

부지런한 알곡들
들판 떠나갔는데
게으름 피우다가
첫서리 만날까봐
서둘러 고개 숙이는
가을은 겸손의 계절

농심

바람에 넘어질까
세찬 비에 쓰러질까
병들어 아플까
약 쓸까 말까

노심초사 여름 지나고
텅 빈 들녘 바라보는 마음에
오히려 섭섭함 가득하다

폭포에서

절벽에 몸 던지니
상쾌할까 통쾌할까
떠밀리는 아픔에
부서지는 눈물일까

안개처럼 사라지니
꿈도 사랑도 한순간
애당초 없었던 것
생겼다 없어질 뿐

희로애락喜怒哀樂
연출하는 바위 계곡 물거품
인생길 닮은 굽이굽이
수 없이 보여주건만

보이는 것은
거품과 허상일 뿐
참모습 헤아리는 눈
어디에 있을까

행복은

풍요와 빈곤의
중간쯤에 있는
삶이라는 기차 여행에서
내리기를 원하는

너무 빨리 지나쳐
못 보고 가는
조그만 역과 같은 것

봄을 시샘하다

땅속에 묻혀 오랜 시간
봄 온다는 믿음
싹 틔우려는 바람
어둠 속에 깊이 갇혀
열망하며 기다린 봄

따스한 햇볕 유혹으로 다가와
바람 소리 부추김
견디지 못해
언 땅 헤치고 내민 얼굴
세차게 때리고 간 겨울바람

섭리

봄 여름
잎 색깔 따라
연두는 진초록으로
가을에는 갈색 날개
여치와 메뚜기

푸르던 날 튀고 날던
다리와 날개
낙엽 질 때 힘 빠지고
겨울바람 불기 전
흔적만 남긴 채
미련 없이 생을 마친다

자연의 질서
경이로운 섭리

농촌풍경

아버지 쟁기 지고 고삐 잡고
소 몰아 밭갈이 간다 이랴 쯧쯔
삽살개 꼬리치며 멍 멍 따라가고
개구쟁이 동네 아이들 손뼉 치며 뛰어간다

쇠똥벌레 두 마리
앞선 놈은 당기고 뒷 놈은 밀고
제 몸보다 큰 쇠똥 굴리며 간다
끌고 밀어주는 협동 정신 본다

소 풀 뜯고 메뚜기 잡고 새 쫓던
티 없이 맑고 순박한 농촌 아이
어릴 때부터 서로 돕는 이치 배운다

가을바람

높은 하늘 가을볕에
이불 널었더니

눅눅하던 이불솜
바람이 데려가고

흔들리는 나뭇잎 되어
빨랫줄 타고 춤춘다

검은 바위 이끼처럼
사랑이 떠난 자리

마음속 깊은 곳에
꽃자루로 품었다가

가을볕에 꺼내어
바람에 말려본다

5부

맛의 절반은 추억이다.
잊히지 않는 어제가 오늘을 사는 힘이 된다.

폴더에서 꺼내는

내가 자는 집보다 소중한
저금통장보다 더 아끼는 공간
그곳엔 남편도 자식도 고양이도 없다
혼자 들어갈 수 있는 음식 창고

앞치마를 두른 뽀글뽀글 머리의 나와
소금에 숨죽은 배추가 있는 곳
케니 지의 색소폰 연주가 있고
나를 위한 생일 축하 케이크도 있다

은행에도 없는 나의 레시피가 가득한
그곳은 나만의 곳간

수시로 이름 바꾸며 새 음식 요리한다
검지의 촉각으로 문을 여는 그곳

나의 과거와 현재가 살아 있는 그곳에 들어가
허기지고 입맛 없는 날
내가 먹어야 할 보기만 해도 배부른 음식을 꺼낸다

디지털 다이어트*

눈뜨면 제일 먼저 손이 가는 핸드폰
일정과 날씨 검색한다
보내온 메시지 확인하고 답장 보낸다
디지털 탄소 발자국**이 생긴다

오이지 담그려 네이버에게 물어보니
옛날처럼 소금물 끓여 붓지 않아도 된다
아삭하고 새콤한 물 없이 담그는 요리법 저장한다

리모컨으로 TV를 켠다
트로트와 뉴스 오가다가 잠이 들었다
여전히 디지털 탄소 발자국 남기며
나는 잠시 디지털 다이어트 중이다

---

* 디지털 다이어트: 디지털 기기로부터 멀리 떨어져 생활하는 것.
** 디지털 탄소 발자국: 디지털 기기를 사용했을 때 배출하게 되는 온실
　가스의 총량.

세월 꺾어 역주행

메모리 성능 떨어진
인생 말년에
봄이 지나고 나서야
봄인 줄 알았다

깨진 독에 물새듯이
별로 남는 게 없는
노년의 지식 충전 시간과
갈등을 벌인다

살아 있는 느낌
꺾여 나가는 아픔을 겪으며
바람 한 줌 손에 쥐어본다

잘 두어 찾지 못하는 물건처럼
좋았던 시간보다
더 좋은 시간에 빠지면서
세월 꺾어 역주행하며
삶이라는 여행 중이다

늙은 호박죽의 표정

가능한 모든 표정을 하고
가능한 모든 다툼을 했다
동그란 단어를 으깰 때의 표정
진눈깨비 내리는 아침을 저으며
나는 뭉툭한 방향에서 시작한 편지를 쓴다

빠진 발과 빠져나온 발에 대해 생각할 때
뻗어가는 덩굴이 인도하는 길 생각할 때

노랗게 부푸는 바람 내어주는 손과
커튼 사이 바람의 무한한 날갯짓이 느껴졌다
낯익은 벌이 거기서 앵앵대고 있었다

예측할 수 없는 포근함이 흘러넘치는
안쪽을 두고 마주 앉아 반복해 음악 듣는 우리가
같이 뭉개진다는 것을 생각할 때 혀끝에서 식는다

한 발짝 앞서가는 구멍마다 더 큰 구멍이 자란다
밖으로 향한 또 다른 구멍 향하여 추락한다

메밀꽃 핀 밤

별빛 쏟아지는 여름밤
은은한 달빛에 묻어오는
허 생원의 발소리

바람은 다가와
여인의 향기를 싣고
달빛 닮은 속살 드러낸다

정든 땅 밟는 발걸음마다
옛사랑 피어나고
메밀 꽃핀 밭에 별들이 뒹구는 밤

바람이 지나가자
흰 물거품 안고 오는 파도처럼
메밀꽃밭 출렁인다

보름달

떠오르는 달 따러 가자고
바지랑대 들고 망태 메고
뒷동산 올라갔는데

온몸에 구슬땀만 흐르고
보름달은 하늘 높이 올라가
놓쳐버렸어

냇물 가에 쭈그리고 앉아보니
도망가느라 달도 힘들었나봐
물속에서 목욕하는 달

망태기로 건지려니 새어 나가
하늘 높이 올라가 웃고 있었지

어른 되어 키 크면 오자는 약속
그 시절 그 친구들
어느 하늘 아래에서 저 달 보고 있을까

여름이 머무는 9월

이슬이 맺힌다는 白露
저만큼 갔는데
여름 발뒤꿈치 물고 있는 9월

자리를 깔고 주저앉아
떠날 생각 없는
폭염주의보와 열대야

갈 길 못 떠나고 있는
숙박비 밀린 나그네처럼
야속하고 답답하다

햇사과 빨간 얼굴에
무색하게 생긴 검버섯
선물상자 담길 자격 잃고

태양열에 얼굴 데어
까맣게 생긴 상처
싸구려 신세 되었다

날씨 탓에 농사 못 짓겠다는
안타까운 농부의 외침
외면하고 있는 9월

냉장고의 문제

먹는 것이 문제인가
먹지 않고 냉장고에
가득 쟁여놓는 것이 문제인가

냉장고 열면
머리를 아프게 하는 것

사온 지 여러 날 된 두부
유효기간 지난 우유
바삐 돌아다니다 놓친 재료들

씻어서 스위치만 누르면
밥할 수 있었던 주방에 놓인 쌀

눈앞의 문제를 해결하느라
시간에 쫓기며 미처 할 겨를 없었던
사랑 담긴 포옹
마음 보듬는 말 한마디

일주일은 너무 짧고
할 일은 많다

먹는 것이 문제가 아니라
먹지 않고 쟁여두는 것이 문제다

주말 휴일에 머리를 아프게 하는 것 그것이다

지렁이의 말

나는 눈이 없어요
보이는 게 없습니다
땅속 흙이 먹이이고 집이랍니다

내 모습 징그럽다고
밟으면 꿈틀댄다고
말하는 당신

사는 동안 흙 살리며
낚시꾼에게 기쁨 주고
죽은 나의 몸 가루가 되어
당신 몸의 열 내려줍니다

내 삶은 오로지
당신 위한 것입니다
이런 나 당신은 아시나요

가을 오는 소리

무더위가 제집인 양
안방 차지를 하여
잠 못 이루는 무서운 밤

에어컨 실외기 소리 요란해도
해 질 녘 바람에 묻어오는
옥수수 하모니카 소리

여름은 서둘러 보따리 꾸리고
귀뚜라미 우는 소리에
벼 이삭 익어가는 소리

산촌에서

처마 끝에 매달린 새벽빛
하늘을 향해 달린다

보름달 빛에
박속같이 하얀 물줄기
엄마 가슴에 안긴
아기처럼 아늑한 곳

나무 끝에 매달린
이파리들 몸을 뒤척이고
바람의 노래에 귀를 연다

툇마루 댓돌에
가지런히 벗어놓은
신발 한 켤레 정겹다

밤비 내린 아침

희끄무레한 창으로 아침이 기웃거리고
부지런한 새 한 마리 나를 깨운다

밤사이 내린 빗물
뒤뜰 장독대 위 소래기에 출렁인다

새 한 마리 날아와 앉더니 두리번거리며
물 한 모금 먹고 하늘 한번 쳐다본다

그리고
가다듬은 목청으로 한바탕 지저귀고
재빠르게 하늘 향해 날아간다

그래서
시린 눈 가늘게 뜨고 따라간 하늘
오늘 날씨 맑음으로 써도 되겠다

강원도 산하 토속음식의 맛과 멋을 찾아서
— 시로 쓴 음식문화 탐방기를 읽으며

김성수 (시인)

원주 여성문학의 대표적인 문인 김명숙 시인이 강원도 토속음식의 맛과 멋에 대한 시집 『레트로 미각』을 발간하게 되었다.

김명숙 시인은 오랫동안 다양한 소재로 많은 작품을 발표한 적이 있었으나 특히 이번에 상재(上梓)하는 작품들은 지금껏 그 누구도 시도해보지 못한 특별한 소재를 시작품으로 형상화한 것이라 참으로 기대가 되는 시집이다.

이 작품을 집필하기 위해서 김 시인은 강원도 전역을 답사하였고 각 지방의 전통 음식을 직접 시식하면서 그

음식에 서리어 있는 맛과 멋을 몸으로 느낀 귀중한 체험적인 작품이기 때문에 더욱더 가치가 있으며 강원도 음식 백과사전적 의미까지 내포하고 있어 매우 중요한 시집이라고 말할 수 있다. 아울러 김 시인 자신의 차분하고 지성미 넘치는 시적 감성(感性)으로 각종 음식에 양념을 더하듯 정성을 기울였기에 이 시집의 의미는 더욱더 각별하다고 말할 수가 있다.

특히 강원도가 출발하는 시점에서 강원도는 여러 가지 측면에서 강원도의 우수성, 역사성, 독특한 전통미, 등에 대하여 대외적으로 많은 홍보를 해야 하는 현시점에서 이 시집의 발간은 강원도 토속음식에 대한 홍보 자료로도 큰 역할을 할 것이며 이 내용을 기반으로 하여 새로운 음식문화를 창출하는 데에도 시발점이 될 것이라 기대가 된다.

나는 서평(書評)이라는 거창한 명제(命題)보다는 이 시집을 제일 먼저 읽어본 한 사람으로 독자들에게 시집의 내용을 쉽게 안내해주는 해설자로서의 역할을 하고자 한다. 이 시집은 모두 5부로 짜여져 있는데;

제1부는 강원도의 대표적인 토속음식 문화의 소개
제2부는 지역 특성과 역사 속에서 꽃피운 음식문화
제3부는 음식에 엉켜 있는 그리운 추억
제4부는 시인의 감성으로 쓴 인간적인 이야기
제5부는 기억 속에서 꺼내보는 나만의 이야기

이상의 짜임으로 이루어져 있으며 각 시 작품의 행간마다 차분하고 섬세한 표현력과 진솔한 마음이 들어 있어 독자들에게 큰 감명을 주고 있다.

1. 강원도의 대표적인 토속음식문화

강원도의 토속음식문화의 분포는 세 가지 측면에서 고찰해볼 수가 있다. 첫째로 정선, 평창, 영월, 인제 등의 높은 산지에서 발달한 음식문화와 둘째로는 강릉, 양양, 삼척 등의 해변에서 발달한 영동 지방의 음식문화, 또 하나는 영서 지역의 비교적 낮은 지형에 사는 사람들이 발달시킨 음식문화로 나누어 살펴볼 수가 있는데 각 지역마다 환경과 취향에 맞는 다양한 음식문화를 발달시켜 지금까지 그 명맥을 이어오고 있음을 볼 수가 있다.

저만치 간 세월 밟고/ 하늘 기운/ 뒤엉킨 나무 사이로/ 땅속 깊이 스며들어/ 반지르르한 가마솥에/ 노르스름한 누룽지/ 산나물 씹으며/ 조용히 살던 그곳

고려말 충신 칠현/ 세상 등지고/ 골 깊은 정선/ 거칠현 산속에서/ 산새 울음소리 벗 삼아/ 은둔생활 할 때/ 아라리 부르며 끼니 되었

던/ 곤드레나물밥
  —「정선 곤드레나물밥」부분

   정선의 대표적인 토속음식 곤드레나물밥은 그 유래를
고려 말 두문동 72현들의 일부가 정선에서 은둔하면서 생
활하던 시절, 주식으로 먹던 음식이라는 속설이 있다. 곤
드레나물은 몸매가 부드럽고 영양가가 풍부하여 나물로
도 먹지만 밥에 넣어 함께 먹으면 쌀밥이든, 조밥이든, 보
리밥이든, 강낭밥이든 잘 어울리는 우리 선대들에게 꼭
필요했던 구황 음식의 하나였을 것이라는 생각이 든다.
정선과 평창 지역은 부엽토가 쌓인 토질이 많아 곤드레를
비롯한 산나물이 자라기에 알맞은 토양을 가지고 있다고
한다.
   평창 미탄면 청옥의 육백 마지기 고원 위에는 특히 곤
드레가 잘 자라는데 아리랑의 가사 속에도 곤드레나물에
대한 서민들의 애환이 지금도 그리움으로 남아 있다.
   "한치 뒷산에 곤드레 딱주기/ 임의 맛만 같다면/ 올 같
은 흉년에도 봄 살어 나지.// 네 팔자나 내 팔자나 이불
담요 덮겠나/ 마들마들 장석자리에 깊은 정만 들자.// 아
리랑 아리랑 아라리오/ 아리랑 고개로 나를 넘겨주게."
(〈정선 아리랑〉 가사의 일부)
   위의 아라리 가사와 같이 곤드레는 서민들의 가슴에서

가슴으로 삶의 애환과 그리움으로 남아 있으며, 지금도 우리들 식탁에서 귀한 대접을 받고 있는 것이리라.

육백 마지기 산 너머/ 평창에서 정선으로 넘어가는/ 청옥산 자락 작고 조용한 마을 미탄면/ 3대를 이어온 메밀국죽집

쌀과 보리조차 귀했던 산골/ 된장 멸치로 맛 낸 국물에 메밀쌀과 국수/ 집에 있는 온갖 푸성귀 함께 넣어 푹 끓여/ 메밀국죽을 만들어 먹는다

온 식구가 나눠 먹기 위해 양을 늘려 먹던/ 국 같기도 하고 죽 같기도 한 한 끼 식사/ 그 속에 모두 풀어져 걸릴 것도 없으니/ 입안에 머물 사이 없이 술술 잘 넘어간다
— 「메밀국죽」 전문

메밀은 척박한 땅에서도 잘 자라는 곡물이며 또 기호 식품이기도 하다. 요즘에도 메밀묵이나 가루로 만든 막국수가 우리들의 입맛을 돋우며 관심을 끌고 있기도 하지만 메밀국죽의 맛을 한번 본 사람은 그 맛에 반하지 않을 수가 없다. 메밀쌀과 된장 멸치로 우려낸 구수하고 깊은 맛과 여러 가지의 푸성귀를 함께 끓인 은은하고 토속적인

맛은 일미 중에도 일미이기 때문이다.

메밀쌀은 메밀이 완전히 여물기 전에 채취하여 솥에다 찐 다음 서서히 말려 약간은 쫀득쫀득한 알갱이로 국죽의 재료로 삼는데 국죽 속에 잠겨 있는 알갱이를 먹을 때 쫀득쫀득한 맛은 가히 일품이라고 말할 수가 있다.

김 시인은 청옥산 자락의 작은 마을에서 3대에 걸쳐 메밀국죽을 만들어온 집에서 이 기막힌 맛을 음미하면서 그 이야기를 시로 썼는데 한 편의 수묵화를 감상하듯 은은하고 정겨운 그 정경이 오래오래 가슴에 남는다.

통 도토리 갈아/ 일주일 물에 우려서/ 타갠 찰옥수수 앙금과/ 쌀 위에 놓아 타지 않게/ 약한 불에 밥을 한다

쪼그리고 앉아/ 아궁이 불 지피면/ 마른 나뭇가지/ 타닥타닥 타는 소리

뒤뜰 굴뚝에/ 회색 연기 피어오르고/ 부뚜막 검정 무쇠솥/ 첫사랑 심장처럼/ 뜨겁게 달아오른다

감자는 밥 위에 앉아/ 떫은맛 잡고/ 아궁이로 내미는/ 붉은 불의 혓바닥/ 부지깽이가 다스린다

봄이 오는 겨울 산골/ 손님 온 날인가 보다

― 「도토리밥」 전문

도토리를 재료 삼아 도토리밥을 짓는 모습이 눈에 환히 보이는 것 같다. 무쇠솥을 걸어놓은 아궁이 앞에 앉아서 불을 때는 모습이 정겹게 느껴진다. 나무가 타는 타닥타닥 소리, 붉은 혀를 날름거리는 불꽃, 때로는 이맛돌을 그슬리며 되쏘여 나오는 알키한 연기, 그런 가운데 첫사랑의 심장같이 달아오르는 무쇠솥의 열기… 그 속에서 토속음식 도토리밥이 익어가는 것이다. 도토리 가루와 찰옥수수 앙금, 그 위에 떫은맛을 없애주기 위한 감자의 배합, 이 모든 것들이 한데 어울려 독특한 토속음식문화가 꽃피는 것이다. 약간은 칼칼하면서 쌉소름한 그 맛은 한번 먹어본 사람들은 먼 향수처럼 오래오래 잊을 수가 없게 된다.

푸른 바다 끌고 온 어부/ 그물 안 꿈틀거리는 우럭/ 먼바다 가르고 있다

친정집 몸 풀러 온 딸/ 쇠고기 대신 우럭 넣어 끓인/ 뽀얀 국물 미역국 먹는다

뼈 억세고/ 기름기 많은 강릉 앞바다 우럭/ 오래 끓여도 살이 잘

부서지지 않는다

　칼슘과 무기질 성분 많아/ 약해진 골격과 치아 건강에 좋은/ 오돌
오돌한 우럭 살처럼

　가녀린 딸의 몸 단단해지고/ 새빨간 입 오물거리는 아가에게/ 진
한 젖 먹이라고/ 아버지는 오늘도 배 띄우고 나간다

　바다가 딸의 뼛속으로 스며들고 있다
　―「우럭미역국」 전문

　우럭미역국은 오래전부터 강릉 지방에서 즐겨 먹던 보
양식 토속음식이다. 칼칼한 국물과 우럭과 미역의 만남은
맛깔 나는 또 다른 음식문화를 꽃피우고 있다. 산모들에
게 특히 좋은 영양식이며 칼슘과 무기질이 많아 해산으로
인해 약해진 골격과 치아 건강에 특히 좋다고 한다. 김 시
인은 이 작품 속에 딸과 친정 부모님의 사랑을 시인만이
갖는 감성의 레시피를 가미하여 더욱더 맛깔나게 요리해
놓았다. "푸른 바다를 끌고 온 어부"라는 표현과 이어서
쓴 "바다가 딸의 뼛속으로 스며들고 있다"라는 표현은 참
으로 생동감 넘치는 멋진 표현이 아닐 수 없다. 사물을 보
는 경건하고 차분한 투시력이 없이 이런 작품을 쓸 수가

있었을까? 다시 한번 김 시인의 문학적 역량에 찬사를 보내지 않을 수가 없다.

강릉시 성산면/ 대구머리찜 골목

주문진 항구에/ 고기잡이배 들어오면/ 두부, 감자 넣고 매콤한/ 대구머리찜 냄새/ 성산마을에 스며든다

지방이 적어 맛이 담백하고/ 비타민 A, D가 풍부하다며/ 몇 해 전부터 다리 아픈 이모님/ 술 좋아하는 이모부/ 대구머릿집 단골이다

타우린 풍부하여/ 간 기능 좋아지고/ 침침하던 눈도 밝아진다는/ 이모님은 대구머리찜/ 홍보 담당인가보다
　　―「대구머리찜」 전문

대구머리찜 요리는 경상도 지방에서 성행했었으나 이곳 강릉시 성산면에서도 오래전부터 이 요리를 보급하여 이제는 온 마을이 대구머리찜 요리의 단지를 이루어 토착화하고 있다. 대구는 남해의 동쪽과 동해, 비교적 한류성 어종인데 바닷물의 온도가 차차 높아짐에 따라 동해의 북부 지방으로 서식지를 옮기었고 지금은 주문진 앞바다에

서 많이 잡힌다. 그렇기 때문에 대구찜 요리도 이곳에서 성황을 이룬다고 한다.

위의 시에서는 이모님이라는 분을 통해서 대구찜을 홍보하고 있지만 이 시 속에 담겨 있는 맛깔스럽고 정겨운 이야기 속에서 김 시인은 그 어느 사람들보다 대구찜 요리를 멋지게 선전하고 있다고 본다.

지금까지는 산악 지대와 바닷가 쪽의 음식문화에 대해 시로써 소개했지만 이제부터는 영서 지방과 강원도 전역의 낮은 지역에서 성행했던 토속적인 음식문화에 대해 작품 속에 녹아 있는 이야기를 중심으로 소개해보고자 한다.

척박한 산비탈 불태워 움켜잡고/ 돌멩이 숯덩이 가려내어 일군 밭/ 몇 알 심어 거둔 알곡/ 말린 옥수수 한 바가지

맷돌에 갈아 앙금으로 끓인 죽/ 바가지 구멍 뚫어/ 차가운 물에 떨어뜨리면/ 올챙이가 살아 꿈틀댄다

노란 올챙이 모양 국수 건져/ 넉넉하면 양념간장에 비벼 먹고/ 모자라면 열무김치 국물에 후루룩

매끄러운 감촉 입안에 돌고/ 구수한 맛 목구멍이 잡아당긴다

한 그릇 뚝딱 먹고 나니/ 바람에 그을린 얼굴 매끈하다
　　　—「올챙이국수」 전문

고춧가루 메줏가루 찹쌀밥/ 굵은소금으로 간 맞추어/ 삼월 삼짇
날 택일하여 항아리에 담으면

햇볕 바람 오가며 고추장 깊은 맛 들어갈 때쯤/ 숟갈 들고 뒤뜰에
나가 항아리 뚜껑 여니/ 매콤하고 알싸한 냄새가 코끝을 두드린다

멍석 위에 둘러앉아 한 숟갈 듬뿍 떠/ 가루와 물에 섞어 휘저어
풀면/ 잘게 썬 푸성귀 붉은색 옷 입는다

한여름 무더위에 입맛조차 잃었는데/ 눈으로 들어온 붉은색이 침
샘을 건드린다

가마솥 뚜껑 화로 위에 뒤집어놓고/ 손바닥으로 두어 번 휘저으
며/ 이쯤이면 되었다는 엄마 손은 온도감지기

땀 흘려서 지친 몸 나들이 간 입맛/ 매콤한 고추장떡이 서둘러 되
찾아 온다
　　　—「고추장떡」 전문

아, 얼마나 재미있고 맛깔나는 표현인가. 생각만 해도

입에 침이 고인다. 올챙이국수와 고추장떡은 강원도 사람이면 누구나 즐겨 먹어본 음식일 것이다. 그러나 이 음식이 만들어지는 과정을 요즘 젊은 사람들은 잘 모를 것으로 생각된다. 준비 과정에서부터 요리 과정이 얼마나 서민적이고 또 훈훈한 인간미가 넘치는가. 이 음식 속에 녹아 있는 서민들의 애환까지도 김 시인은 색다른 감성과 애정 어린 표현으로 작품화했기 때문에 이 시편(詩篇)들이 더욱더 빛나는 것이리라.

2. 지역 특성과 역사 속에서 꽃피운 음식문화

허균과 허난설헌의 부친/ 조선 전기 삼척 부사 허엽 선생

집 앞의 약수로 콩을 불리고/ 깨끗한 바닷물로 두부 만들었다

'간 맛'이 더해져 고소하고 담백한/ 허엽의 호를 붙여 초당두부

초당두부 역사에 서려 있는/ 민족의 아픔 일제강점기 6·25/ 남자 없던 초당마을 아낙에게/ 두부는 그저 단순한 음식이 아닌/ 가족을 부양할 고마운 '생계 수단'이었다

한 맺힌 역사 속에서/ 초당두부의 맛과 전통은 단단해지고/ 긴 세

월 민초들의 삶을 지탱해온 초당두부

  소박하고 따듯한 맛/ 끓인 콩물 거르면 콩비지/ 걷어낸 비지는/
또 다른 만남으로 이어지고

  청정해수 콩물 부드럽게 엉겨/ 몽글몽글한 순두부 꽃이 핀다/ 틀
에 붓고 누르면/ 두부 안의 오밀조밀한/ 숨구멍이 살아 있는 강릉
초당두부
  ─ 「강릉 초당두부」 전문

  위의 시작품(詩作品) 속에는 강릉 초당두부의 유래와
역사성, 그리고 초당두부의 특징에 대해 자세히 서술되어
있다. 어떤 사물이나 인물에 대해 시를 쓴다는 것은 매우
어려운 일이다. 쓰고자 하는 내용을 독자들에게 정확히
알려야 하고 아울러 문학적인 요소인 표현력도 그에 못
지않게 병행해야 하기 때문이다. 위의 문장은 두 마리 토
끼를 다 잡은 느낌이 든다. 내용도 담담하게 잘 풀어나갔
으며 그에 걸맞게 문장 표현도 훌륭하기 때문이다. "몽글
몽글한 순두부 꽃이 핀다"라는 표현이라든지, "두부 안의
오밀조밀한 숨구멍이 살아 있는" 등의 표현은 초당 두부
가 다른 두부와의 차이점을 잘 표현했기 때문이다.
  특히 간수 대신에 바닷물을 응고제로 쓴 초당두부는

다른 두부에 비해 더 부드럽고 고소한 맛을 내기 때문에 일반 두부와는 다른 맛과 식감을 가지게 되는 것이다. 초당두부는 강릉의 청정한 자연환경과 역사적 배경 속에서 탄생한 특별한 음식이기에 더욱더 보존과 홍보의 가치가 있는 것이라 생각된다.

안개가 구름처럼 내려앉는 곳/ 화채 그릇 모양 해안면 사람들/ 무청 시래기 거두기 위해/ 땅을 향해 허리를 굽힌다

찬 서리 두 번 견디면/ 맛있는 시래기 되고/ 제초제 없이 땅심만 믿고/ 자연이 빚어낸 무청 잎

무청 잎 다 거두고 뿌리만 남은 채/ 민낯 드러낸 들판/ 차곡차곡 줄에 거꾸로 선 무청 잎/ 바람과 해에 바싹 말라간다

밀고 밀리던 전투 6개월/ 이만여 젊은이 목숨 바쳐 지킨 곳/ 6·25 전쟁 격전지 가칠봉/ 삶의 터전 되었다
　　　―「양구 펀치볼」 전문

한국전쟁 당시 치열했던 격전지의 한 곳인 양구 해안면 펀치볼 산자락에 재배하는 시래기는 양구군이 중점사

업으로 추진하고 있는 특색사업의 하나이다. 해발 1,000 미터 이상의 산으로 둘러싸인 분지 지형으로 형성된 이곳 500~700미터의 산자락에서 시래기를 재배하는데 양구 펀치볼 시래기는 겨울철 최고의 웰빙 먹거리이다. 양구는 청정 자연과 큰 일교차 등 시래기 재배 및 건조에 적합한 환경으로 최상품의 시래기를 맛볼 수 있다. 해마다 12월 이면 DMZ 펀치볼 시래기 축제가 열린다.

밀고 밀리던 전투 6개월, 2만여 젊은이가 조국의 평화를 위해 목숨을 바친 이 죽음의 땅에, 파랗게 자라나는 무청과 시래기의 생산, 이곳의 시래기는 청정 자연이 생산하는 먹거리라는 의미 외에도 조국에 대한 애착과 애국심을 갖게 하는 또 다른 의미가 있다.

3. 음식에 엉켜 있는 그리운 추억들

김치 맛은 칼칼해야 한다며/ 맨손으로 고춧가루 버무려/ 얼얼하던 손

외동딸을 외눈에 눈동자라며/ 치마저고리 손수 만들던 손

혼수 옷 바느질로/ 생계를 이어가던 외할머니 손

음식솜씨 뛰어나/ 동네잔치 불려 다니던 손/ 그 솜씨 하늘에 별 되어 만날 수 없다

맛보던 혀끝 무뎌지고/ 기억의 조각들 흩어지고/ 발걸음 느려지고/ 손끝마저 더뎌지고/ 자손들 지켜보던 눈길 흐려지고

그 손 나에게 주고 가라 했는데/ 손맛 솜씨 다 가져가고/ 받은 사랑만 내 안에 가득 쌓여/ 넓이와 길이와 높이와 깊이를 깨달아/ 주어야 할 내리사랑 더듬고 있는 나의 손

　 ―「손」전문

　 위의 시는 외할머니의 손에 대한 추억을 시 작품으로 형상화한 것이다. 김 시인의 외할머니는 음식 솜씨가 특히 뛰어나셨고 바느질 맵시라든지 사람들에게 베푸는 마음씨까지 아름다워 천사 할머니라는 별명을 얻을 정도로 훌륭한 분이셨다. 100살이 훨씬 넘도록 정정하게 사시면서 사회와 이웃을 위해 노력하신 그분의 삶은 한마디로 사랑의 화신이었다. 독실(篤實)한 기독교 신자이신 할머니는 특히 김 시인에게 온갖 정성을 다 쏟으셨고 김 시인 역시 노년의 할머니를 지성으로 봉양하면서 할머니의 인간적인 사랑의 노하우(knowhow)를 그대로 다 전수받은 것으로 알고 있다. 그중에서도 특히 할머니가 직접 만들

어주신 음식에 대한 추억은 김 시인의 삶 속에 모두 다 녹아들어 김 시인도 할머니처럼 음식의 조리 방법을 연구하고 또 후대에까지 전하고 싶은 의욕에서 이 시집의 집필을 시작한 것이라 생각된다. 이 작품 속에 어려 있는 외할머니에 대한 그리움과 애정은 너무나 애절하여 독자들 가슴에도 깊은 감동의 물결을 일게 한다.

강원도 전역에서는 감자를 많이 재배하였다. 비교적 서늘한 기후에서 잘 자라는 특징이 있어 평지의 밭이나 산자락 비탈밭에서도 비교적 재배하기가 용이하였다. 그래서 예부터 강원도의 애칭을 감자바위라 부르기도 했다. 아울러 감자는 지난 어려웠던 보릿고개에서도 톡톡히 그 몫을 다했던 고마운 식물이기도 했다.

감자는 요리하는 방법이 참으로 다양하다. 쪄서 먹기, 밥에 얹혀 먹기, 감자전, 감자피자, 감자그라탕, 감자뇨끼, 감자떡… 참으로 많은 방법이 있지만 그중에서 우리만의 토속적인 방법은 아마도 감자붕생이를 만들어 먹던 방법이 아닐까 생각된다.

다음에 소개하는 시는 김 시인의 어린 시절 횡성 어느 농가에서 얻어먹은 감자붕생이 맛을 잊지 못해서 시로 쓴 것이라 한다.

하지 되어 낮 길어지면/ 머리에 수건 쓰고/ 감자밭에 호미질 바쁘다

별 닮은 하얀 꽃송이 바람에 흔들릴 때마다/ 땅속에서 동그랗게 여물어간 햇감자/ 데굴데굴 땅 밖으로 나온다

맞물 캐낸 한 소쿠리/ 입맛 없다는 시어머니 먼저 드리려고/ 며느리는 가마솥에 감자 넣어 찐다

솥뚜껑 사이로 묻어 나오는/ 감자 익는 냄새 구수하다

밑에 찐 감자 부드럽고/ 강낭콩 설탕에 버무려/ 부드럽게 쪄진 감자 위에/ 갈아 올린 감자 쫀득하다

달콤한 감자범벅으로 입맛 찾은 시어머니/ 며느리의 정성 스며들어/ 주름진 얼굴 감자꽃 닮은 웃음 피어난다
— 「감자붕생이」 전문

4. 시인의 감성(感性)으로 쓴 인간적 이야기

한 권의 시집을 출판하기 위해서는 피나는 노력과 집념이 있어야 비로소 세상에 나와 햇빛을 보게 되는 것이다. 그것은 마치 산모가 해산의 고통을 겪어내고 옥동자를 출산하는 기쁨과 같을 것이다. 그 시집 속에는 시인의 영혼이 숨 쉬고 있으며 가장 소중한 꿈과 이상들이 글 이랑

의 행간마다 서리어 있기 때문이다.

몇 년 전 시집 출판기념회장에서 어느 시인의 다음과 같은 하소연을 듣고 나는 마음이 참 울적한 적이 있었다. 그 시인이 친구의 집에 간 적이 있는데 그 집의 장롱 받침으로 그가 발간한 시집이 끼어 있는 것을 보고 큰 좌절과 슬픔을 맛보았다는 것이다. 그러면서 그는 이렇게 말했다. "내 시집이 장롱 받침이 되지 않기를 기원하면서 이 시집을 드린다."

다음에 소개하는 김 시인의 시 작품도 그런 맥락에서 우리의 가슴에 큰 감명을 주고 있다고 생각한다.

식탁 위에 던져놓고/ 김치찌개 뚝배기 올려놓거나/ 먹다 남은 국그릇 덮고 있을 줄/ 꿈에도 생각지 못했어요

한 그루 나무로 들판에 서 있을 때/ 연인들 자주 찾아와 내 몸에 기대어/ 얼굴 비비며 사랑에 빠질 때/ 그런대로 좋았어요

종이로 다시 태어나/ 한 권의 詩集 되기 위해

장대비 회초리 견디며/ 늦여름 휘몰아친 태풍과/ 눈 무게 버텨낸 한겨울 밤/ 무척 길었어요

행복했던 시간 조각들/ 소망 보따리 묶은 詩集 되어/ 외로움 달래주었으니/ 나쁘지만 않았다고 생각해요

식탁 위 나 보거든 부디/ 한 편의 시 잠시라도/ 마음에 품어 기억해준다면/ 쓸쓸한 밤 견딜 수 있어요
　 ―「詩集의 독백」 전문

시집이 독자들에게 귀한 대접을 받을 때만이 진정한 의미에서의 시집이지 무관심이나 위의 사연같이 장롱의 밑받침이나 식탁 위 찌개 냄비를 올려놓는 도구로 쓰여질 때는 한 권의 폐지와 무엇이 다르겠는가? 김명숙 시인이 집필한 이 소중한 음식문화에 대한 저서도 독자들이 그 가치를 인정하고 사랑할 때에만 책으로써 사명을 다하는 것이라 생각한다. 한 권의 시집을 발간하면서 시인들은 자신의 책이 많은 이들에게 사랑받기를 원한다. 「詩集의 독백」이란 시는 시인들과 시집이 독자들에게 전하는 간곡한 메시지가 아닌가 하는 생각이 든다.

5. 기억 속에서 꺼내보는 나만의 이야기

내가 자는 집보다 소중한

저금통장보다 더 아끼는 공간
그곳엔 남편도 자식도 고양이도 없다
혼자 들어갈 수 있는 음식 창고

앞치마를 두른 뽀글뽀글 머리의 나와
소금에 숨죽은 배추가 있는 곳
케니 지의 색소폰 연주가 있고
나를 위한 생일 축하 케이크도 있다

은행에는 없는 나의 레시피가 가득한
그곳은 나만의 곳간

수시로 이름 바꾸며 새 음식 요리한다
검지의 촉각으로 문을 여는 그곳

나의 과거와 현재가 살아 있는 그곳에 들어가
허기지고 입맛 없는 날
내가 먹어야 할 보기만 해도 배부른 음식을 꺼낸다
— 「폴더에서 꺼내는」 전문

위의 시 작품은 너무나 소중한 표현이기에 공간을 많
이 차지하더라도 원문 그대로 소개한다. 이 작품에서 김
명숙 시인은 이 한 권에 수록된 모든 내용들의 주장을 요

약해놓았다. 복잡한 세상을 살면서 나만이 소유할 수 있는 공간 하나쯤 갖는다는 것은 얼마나 행복한 일인가. 그 공간에 들어가 마음껏 사색하고 마음껏 행동하고 그러다 간 아무도 몰래 그 문을 닫고… 그 공간은 음식의 레시피가 들어 있는 곳이라도 좋고 사색의 공간이라도 좋다. 무인도 같은 청정 지역 그러한 공간 속에 나만의 행복과 꿈을 저장해놓는다는 것은 얼마나 신나는 일인가. 우리들도 마음속 공간에 김명숙 시인이 집필한 이 한 권의 책의 내용을 저장해두면서 필요할 때 조금씩 꺼내보는 것도 행복을 누리는 한 방법일 것만 같다.

6. 맺는말

지금까지 우리는 김명숙 시인이 온 정성을 다하여 집필한 『레트로 미각』이라는 시집에 대해 강원도 음식문화의 맛과 멋을 감상해보았다. 강원도는 강원도만이 가지고 있는 독특한 음식문화가 있고 그 위에 순박한 인심을 가미한 레시피가 있다. 그것은 우리들의 자랑거리이며 강원도의 또 다른 미래이기도 하다. 이제 우리는 우리만이 가지고 있는 순수하고 그윽한 심성에서 만들어내는 그 멋진 음식문화를 널리 홍보해야 하며 일반화시켜야 한다.

좋은 작품을 집필하신 김명숙 시인의 노고에 다시 한번

고마움을 표하며 이 책이 많은 사람들에게 널리 읽히기를
기원한다. 🔲

달아실 기획시집 38

레트로Retro 미각味覺

1판 1쇄 발행	2024년 12월 8일
지은이	김명숙
발행인	윤미소
발행처	(주)달아실출판사
책임편집	박제영
디자인	전부다
법률자문	김용진, 이종진
기획위원	박정대, 이홍섭, 전윤호
편집위원	김선순, 이나래
주소	강원도 춘천시 춘천로 257, 2층
전화	033-241-7661
팩스	033-241-7662
이메일	dalasilmoongo@naver.com
출판등록	2016년 12월 30일 제494호

* 잘못된 책은 구입한 곳에서 바꿔드립니다.
* 책값은 뒤표지에 표시되어 있습니다.
* 이 책은 강원특별자치도, 강원문화재단의 후원으로 제작되었습니다.